Début d'une série de documents
en couleur

COUVERTURES SUPERIEURE ET INFERIEURE D'IMPRIMEUR

Fin d'une série de documents
en couleur

# LE CAPITAINE HENRIETTE

—

## 5e SÉRIE IN-12.

J'ai connu très intimement le capitaine Henriette (page 6)

# LE CAPITAINE
# HENRIETTE

PAR

## MARIE GUERRIER DE HAUPT

Lauréat de l'Académie française.

## LIMOGES

EUGÈNE ARDANT et Cᵗᵉ, ÉDITEURS.

# LE

# CAPITAINE HENRIETTE

— Le capitaine Henriette ! A
coup sûr, grand'mère, vous vous
trompez ! C'est le capitaine Henri
que vous voulez dire. On n'a
jamais vu de capitaine appelé Henriette.

— Non, répondit la bonne grand'-
mère à ses trois petits enfants,
Gustave, Berthe et Julien, qui assis
autour d'elle lui demandaient une

histoire. Non certes, je ne me trompe pas, reprit-elle en souriant avec finesse; je ne puis me tromper, car j'ai connu, et même très intimement, le capitaine Henriette.

— Quoi, vous l'avez connu, grand'mère ? s'écria Berthe d'un ton décidé, qui étonnait quelque peu de la part d'une fillette de huit ans.

— Puisque grand'mère te le dit, qu'est-ce que tu veux, bavarde ? lui répondit brusquement son frère Gustave, qui, à dix ans, se croyait un homme d'importance et ne se gênait pas pour parler impoliment à sa sœur, laquelle, du reste, le lui rendait bien.

— Laissez dire l'histoire, murmura Julien, gros petit bonhomme de cinq ans, un peu craintif, parce qu'il était habitué aux rebuffades trop fréquentes de son frère et de sa sœur.

— Julien a plus de bon sens que vous deux, dit la bonne maman en ôtant ses lunettes et appuyant sa tête sur le dossier du grand fauteuil où elle étaitassise. Ecoutez tranquillement mon histoire, cela vaudrait mieux que de vous quereller comme vous le faites à tout propos, et vous saurez ce que c'était que le capitaine Henriette.

Les enfants, curieux de savoir le mot de l'énigme, se disposèrent à écouter, et la vieille dame commença son histoire en ces termes :

— Le capitaine dont je vais vous parler, n'a jamais, à la tête d'une troupe de braves soldats, marché contre les ennemis de son pays;

il n'a jamais risqué sa vie dans ces combats dont mon cher Gustave aime tant à entendre parler, et dont le récit plaît à ma petite Berthe autant que la broderie l'ennuie. (Ici Berthe fit une exclamation de mécontentement et voulut protester.)

— Pas d'interruption, dit la bonne maman ; si on m'interrompt encore, je ne raconte plus rien.

Voyant que tout le monde se taisait pour l'écouter, elle reprit :

— Ce n'est donc pas d'un vrai capitaine, d'un capitaine « pour tout de bon, » que je vais vous parler ; mais d'une petite fille nommée Henriette, et qui avait reçu dans le village, où ses parents avaient une maison de campagne, le surnom de Capitaine.

A ROUSSEAU

Ce surnom lui avait été donné par deux vieux soldats (page 11)

Ce surnom lui avait été donné par deux vieux soldats qui avaient bravement combattu du temps des guerres de l'empire et qui ne manquaient pas, chaque fois qu'Henriette passait près d'eux, de lui faire un salut militaire en lui disant :

— Bonjour, capitaine.

Et vraiment, Henriette semblait tellement prendre à tâche de mériter de plus en plus ce surnom, que bientôt, non-seulement les deux vieux soldats, mais tous les paysans, mais ses parents eux-mêmes, s'habituèrent à la nommer en riant : Le capitaine Henriette.

Vous allez me demander comment elle avait pu arriver ainsi tout à coup à un grade aussi élevé ! Tu ouvres déjà de grands yeux, mon cher Gustave, et tu espères apprendre le moyen de devenir capitaine sans avoir besoin d'être simple soldat. Je ne te conseille pas cependant d'imiter Henriette; car, pour un garçon qui, comme toi, a la prétention d'être un jour maréchal de France, le moyen par lequel elle avait obtenu sans le vouloir le grade de capitaine, aurait de graves inconvénients. Henriette n'avait jamais su obéir; elle avait, en quelque sorte, innée la passion du commandement. Tu demandes quel âge elle avait, Berthe? Mais à l'époque où se passe mon histoire, elle devait avoir à peu près..., comme toi, huit ans. — Ah! je vous ai prévenus, enfants, pas d'interruption! Henriette avait donc huit ans, elle voulait tout plier à ses volontés, elle n'aimait que les jeux bruyants, faisait des moustaches avec du charbon sur la figure de sa poupée, se coiffait elle-même d'un bonnet de police en papier, criait, chantait, brisait les meubles, et faisait à elle seule autant de bruit qu'une douzaine de collégiens.

Quand elle avait des amies, invitées par sa maman à venir passer la journée près d'elle, elle ne voulait jouer qu'à des jeux de petits garçons, aux barres, à la course, à fouetter une toupie avec une peau d'anguille et à cent jeux du même genre. De plus, il ne fallait pas qu'une de ses compagnes s'avisât de résister à ses volontés; Henriette alors prenait un ton bref et décidé et disait d'une voix ferme :

— Je le veux.

Quand ce mot était prononcé, il n'y avait plus à insister; il fallait céder au capitaine, qui se permettait même, d'un revers de sa petite main blanche et potelée, de donner quelquefois un petit soufflet à celle qui osait se révolter contre sa volonté souveraine. Mais c'était quand Henriette prenait la défense d'une enfant plus jeune qu'elle, qu'il fallait la voir ! Elle ne pouvait souffrir qu'une « grande » tourmentât une « petite », quoiqu'elle-même ne se fît guère faute de mener assez durement ses petites compagnes.

Seulement c'était là un privilége qu'elle se réservait à elle seule ; elle ne permettait à personne de l'imiter ; et quand Loùise et Jenny, deux petites amies de quatre à cinq ans, venaient se plaindre à elle, en disant qu'Hortense, grande fille de dix ans dont le caractère avait quelque analogie avec celui d'Henriette, les avait poussées rudement ou leur avait enlevé leurs joujoux, le petit capitaine, furieux, se jetait sur Hortense, la battait, l'égratignait, la forçait à s'avouer vaincue et à faire des excuses à celle qu'elle avait offensée.

Vous conviendrez que tout ceci n'était guère le fait d'une demoiselle bien élevée. Mais la maman d'Henriette était presque continuellement souffrante ; elle ne pouvait guère s'occuper de sa fille, qui par son tapage, la rendait plus malade. Aussi Henriette passait-elle ses journées dans le jardin et dans la cour quand il faisait beau ; ou, quand il pleuvait, dans une

salle à manger située au rez-de-
chaussée. Là, elle s'occupait, toujours pour satisfaire sa manie de
commander, à dresser des chiens
et des chats, qu'elle maltraitait et
qui s'enfuyaient de plus loin qu'ils
l'apercevaient.

Un charmant petit épagneul,
nommé Caprice, était son favori,
ou plutôt son souffre-douleur. Mais
pour les animaux, il en était de
même que pour ses compagnes,
elle réservait à elle seule le droit
de les tourmenter. Quand Hortense
avait le malheur d'appeler Caprice,
ou de vouloir l'obliger à se tenir
debout sur deux pattes, à faire le
mort, ou à rapporter une boule de
papier, c'était des querelles sans
fin.

Certain jour qu'il pleuvait à verse,

Elle s'occupait à dresser des chiens et des chats (page 16)

le capitaine Henriette, après avoir
bien des fois regardé à la fenêtre si
le temps devenait meilleur, après
s'être fait griffer jusqu'au sang par
un chat à qui elle tirait la queue,
s'avisa d'appeler Caprice pour
lui faire faire l'exercice avec un
bâton.

Caprice, comme s'il eût deviné
ce qui l'attendait, courut se cacher
au fond de la cuisine en entendant
la voix de sa petite maîtresse.

— Caprice ! ici Caprice ! Caprice,
voulez-vous venir, Monsieur, quand
je vous appelle ! Oh ! je vais vous
recevoir, soyez tranquille, vous
aurez de bons coups quand vous
viendrez.

Caprice entendait-il ces menaces
et trouvait-il qu'il n'avait aucune
raison d'être tranquille comme on

le lui conseillait? Je ne sais, mais
il se blottissait de plus en plus sous
la grande armoire de la cuisine.

Henriette, après l'avoir cherché
inutilement dans toute la maison,
eut l'idée de demander à la cuisi-
nière si elle n'avait pas vu Caprice?

Celle-ci, pour être plutôt débar-
rassée de la petite fille dont la pré-
sence ne lui était nullement agréa-
ble, s'empressa de lui indiquer
l'endroit où le pauvre chien, trem-
blant de terreur, s'était réfugié.

— Méchante bête! s'écria Henriette; on dit que les chiens s'atta-
chent à leurs maîtres, et celui-ci,
qui est presque toujours avec moi,
ne peut me souffrir. Ici, tout de
suite, vilain chien! veux-tu venir!
Non; vous verrez qu'il ne viendra
pas! Oh! attends, je saurai bien te

faire obéir, moi, tu vas voir ! Et prenant un bâton, notre petit despote se mit à l'agiter sous l'armoire, malgré les cris douloureux du pauvre animal, qui recevait de bons coups et s'obstinait cependant à ne pas sortir de sa cachette.

Enfin, à force de reculer pour échapper aux atteintes du bâton, le malheureux Caprice laissa apercevoir, sous un des côtés de l'armoire quelques-unes de ses longues scies blanches et couleur de feu.

— Ah ! je te tiens enfin, s'exclama Henriette tout essoufflée, en le saisissant par une de ses oreilles et en le tirant violemment à elle, ce qui fit pousser un gémissement plaintif à l'infortuné toutou. Henriette le conduisit dans la salle à manger, dont elle ferma la porte, et mit le petit chien debout dans un coin.

— Restez là, Monsieur! ne bougez pas, commanda-t-elle. Attendez un peu que je vous mette ce bâton entre les pattes. Ne le laissez pas tomber. Bon, c'est cela. Eh bien! je vous dis de ne pas bouger. Et Caprice de recevoir de nouveaux coups sur la tête et sur les oreilles. Il fermait les yeux; puis, les ouvrant, il regardait sa petite maîtresse d'un air suppliant; mais rien n'y faisait, il fallait obéir.

Il le comprit sans doute, car il finit par se tenir immobile, les deux pattes croisées sur la poitrine pour retenir un petit bâton, et l'air piteux comme un toutou qui a grand'peur. Mais du moment qu'elle eut réduit son esclave à l'obéissance, le capi-

Restez-là, Monsieur, ne bougez pas (page 22)

2

taine Henriette éprouva le besoin de varier ses amusements. Elle se mit en tête d'habiller sa poupée en grande toilette et de la faire danser avec Caprice.

Aussitôt elle atteignit la cassette où étaient renfermés les vêtements de sa poupée, puis la poupée elle-même.

— Non, dit-elle tout à coup, je ne ferai pas grande toilette à « Vacarme » (c'était le nom de la poupée), j'aime mieux lui mettre son costume de zouave, et elle se battra avec Caprice. Ce qui fut dit fut fait; Henriette habilla Vacarme en zouave, et pour lui donner l'air tout à fait martial, descendit à la cuisine chercher un bouchon brûlé afin de lui dessiner des moustaches.

Pendant tout le temps qu'avait

duré la toilette, Caprice avait gardé la plus complète immobilité, et regardant fixement sa maîtresse, il n'avait pas même osé faire entendre la plus petite plainte, de peur de s'attirer quelque correction.

Mais dès qu'Henriette se fut éloignée, il laissa tomber le bâton et retomba lui-même sur ses quatre pattes avec une satisfaction qu'il ne chercha nullement à dissimuler.

Malheureusement le repos pour lui ne devait pas durer longtemps. La porte s'ouvrit de nouveau, et Caprice aperçut Hortense qui venait voir Henriette.

Toutou se serait volontiers sauvé encore, car Hortense le tourmentait au moins autant qu'Henriette ; mais la nouvelle arrivée ne lui laissa pas le temps. Elle s'empara de lui, et le prenant par les pattes de devant le fit sauter et danser sur la table. Apercevant alors la poupée habillée en zouave et les vêtements épars sur la table, elle s'écria :

— Tiens, tiens, tiens ! Henriette a habillé sa poupée en zouave? eh ! bien, mon toutou, je vais t'habiller en bébé, moi, et tu seras plus beau que cette laide poupée.

Et jetant brusquement par terre la poupée qui, si elle fût tombée sur le nez, aurait assurément porté les marques d'une pareille chute, elle remua les robes, les chapeaux, les tabliers jusqu'à ce qu'elle eût trouvé une blouse, un sarrau et un petit bonnet convenant à la toilette de Caprice.

Celui-ci se démenait de toutes

ses forces pour ne pas passer ses
pattes de devant dans les manches
de la blouse et du sarrau, mais il
était dit que Caprice serait toujours
la victime des caprices des autres
sans pouvoir jamais faire les siens.
Il fut bientôt habillé, et Hortense
achevait de nouer le bonnet lorsque
Henriette parut.

— Ah ! bonjour, Hortense, dit-
elle d'abord.

Puis voyant l'occupation de son
amie, elle ajouta en changeant déjà
de ton :

— Que fais-tu là ?

— Je m'amuse, répondit Hortense
qui, prévoyant d'après le ton d'Henriette que la conversation ne tarde-
rait pas à dégénérer en querelle, se
leva en serrant avec force Caprice entre ses bras et se tint sur la défensive.

Rendez-moi ce chien, tout de suite, Mademoiselle (page 31)

— Tu t'amuses! s'écria Henriette; et à quoi? à tourmenter mon chien, mon pauvre Caprice, mon cher ami! je ne le souffrirai pas. Rendez-moi ce chien, tout de suite, Mademoiselle!

—. Tra déri, déra, tra la la la, chanta Hortense en dansant autour de la table à manger et en montrant Caprice à Henriette comme pour la narguer.

— Rendez-moi mon chien; rendez-le-moi; je le veux!

Mais ce mot, si puissant sur les autres compagnes d'Henriette, ne paraît produire aucune impression sur Hortense; ce qui augmente l'exaspération du capitaine, qui s'élance et étend la main pour saisir Caprice.

Les deux petites filles courent

ainsi l'une après l'autre autour de
la table pendant quelques instants ;
mais bientôt Hortense, que cette
ronde étourdit, ouvre la porte de
la salle et fuit dans la cour, empor-
tant toujours dans ses bras Caprice,
cause innocente de cette scène, et
qui donnerait beaucoup pour être
tranquille dans quelque coin, voire
même sous l'armoire de la cuisine.

Henriette suit sa compagne. Malgré la pluie qui tombe à torrents,
malgré la boue et les mares d'eau
où elles mettent à chaque instant
leurs pieds, les deux petites filles
continuent en plein air leur course
folle, sans s'inquiéter des rires des
domestiques qui les regardent à
travers les vitres, et des enfants du
village qui, groupés près de la

Henriette s'élance vers sa compagne et se met à la battre (page 35)

grille fermant la cour, montrent du doigt le capitaine Henriette et son amie.

Toutes deux, essoufflées, n'en pouvant plus, sont forcées de courir un peu moins vite. Tout à coup le pied d'Hortense glisse ; elle tombe en laissant échapper le petit chien. Celui-ci se sauve tout joyeux malgré les habits qui le gênent et lui donnent l'aspect le plus grotesque.

Henriette s'élance vers sa compagne et se met à la battre ; les cris des enfants du village se mêlent à ceux des deux petites filles. Le papa d'Henriette, qui, tout occupé du soin de faire valoir ses terres, n'accorde pas d'ordinaire grande attention aux sottises de sa fille, passe dans la cour par le plus grand des hasards; il vient mettre le holà et séparer les enfants mal élevées qui ne rougissent pas de donner un spectacle aussi honteux.

On reconduisit Hortense chez ses parents, et Henriette fut punie, ce qui lui arrivait trop rarement; car si elle l'eût été plus souvent, elle aurait sans doute bientôt cessé de mériter ce vilain surnom de capitaine, si peu digne d'une jeune fille modeste et bien élevée.

Malheureusement, comme je vous l'ai déjà dit, Henriette était la plupart du temps livrée à elle-même; aussi son caractère, loin de changer en bien, devint-il de jour en jour plus insupportable. Sa tyrannie ne s'exerçait pas seulement sur les animaux, sur ses petites compagnes, sur les domestiques de la

maison ; elle prétendit bientôt plier
à ses caprices tous les habitants du
village. Ceux-ci, par respect pour
son père, qui était bon et doux pour
le monde, ne se plaignirent pas
d'abord. Pourtant, lassés des exi-
gences et de la brusquerie du petit
capitaine, ils finirent par murmu-
rer et par dire tout haut que mademoiselle Henriette était bien la petite fille la plus désagréable et
la plus mal élevée qu'on eût jamais
vue.

Dans les promenades fréquentes
qu'elle faisait toute seule en par-
courant la grande rue du village,
Henriette avait choisi pour sa victime habituelle une petite fille de
cinq ans nommée Jeanne. La mère
de Jeanne était une pauvre blan-
chisseuse, veuve depuis deux ans

et qui avait bien du mal à gagner assez pour vivre avec ses deux enfants, quoique André, son fils, âgé de douze à treize ans, fît tout son possible pour lui venir en aide. Il vendait les oiseaux qu'il prenait dans des piéges habilement préparés, ou il en dressait d'autres plus rares mais très sauvages, qu'il achetait à bas prix et qu'il vendait assez cher après les avoir apprivoisés. André voyait avec peine les mauvais traitements que sa petite sœur avait à subir de la part d'Henriette. Plus d'une fois si sa mère ne l'eût retenu, il aurait adressé des reproches violents à la petite fille despote, quand elle commandait d'un ton impérieux à Jeanne de venir à la promenade avec elle, pour lui faire porter son panier, son châle,

ses joujoux, tout ce qui l'embarras-
sait; et, en guise de remerciement,
la gronder, la battre même, et l'ef-
frayer par tous les moyens possibles.
Mais la pauvre veuve, qui blanchis-
sait le linge de la maman d'Henriette, et qui connaissait la faiblesse
de cette dame pour sa petite, enga-
geait André à prendre patience, et
lui assurait que le petit capitaine
changerait en grandissant. Cependant Henriette ne changeait pas, et
le bon André, qui aimait tendrement
sa sœur, sentait croître de jour en
jour son désir de donner une leçon
à la méchante petite fille qui tourmentait Jeanne.

Les choses en étaient là, quand
le hasard, ou plutôt la Providence
permit qu'un oiselier de la ville con-
sentît à céder à André, pour un prix

très modique, un perroquet admirable, mais si sauvage et si méchant qu'il désespérait de jamais parvenir à le dresser, et que personne n'osait en approcher.

André, se fiant à son adresse, pensa qu'il pourrait venir à bout de dompter le mauvais naturel de l'oiseau, et qu'il lui apprendrait à dire quelques phrases, destinées à reprocher à Henriette sa méchanceté envers une pauvre petite fille. André qui connaissait le caractère d'Henriette pensait bien qu'elle ne pourrait voir ce bel oiseau sans vouloir l'acheter, mais il était décidé à ne le lui vendre que lorsque celui-ci serait devenu assez doux, pour que la petite fille pût s'en amuser sans crainte. Le brave garçon aurait été désolé qu'il arrivât du mal à quel-

qu'un par sa faute, quand bien
même ce quelqu'un lui aurait fait
tout le mal possible, et s'il désirait
faire repentir Henriette de sa conduite, c'était seulement par quelques reproches, certes bien mé-
rités.

La tâche qu'André avait entre-
prise était loin d'être facile. Malgré
tous ses soins, le perroquet, pendant longtemps, ne parut pas dis-
posé à changer ses habitudes. Cependant, à force de persévérance,
André parvint à l'apprivoiser un
peu, et un beau jour Jacquot répéta
docilement la phrase qu'il avait en-
tendue tant de fois de la bouche de
son jeune maître.

Ce jour-là André fut bien heureux,
car le succès lui paraissait désormais certain. En effet, à partir de

ce moment, les progrès de l'oiseau furent rapides, il apprit facilement un grand nombre de petites phrases et se laissa approcher sans témoigner de colère. Pourtant, André, connaissant le nouveau naturel de monsieur Jacquot, ne permettait à Jeanne de le regarder que de loin et il avait prié sa mère de ne jamais le laisser sortir de sa cage, quand lui, André, était absent.

Un jour que notre habile petit oiselier, assis sur le seuil de la porte de sa maison, s'amusant à offrir à Jacquot, à travers les barreaux de sa cage quelques miettes de sucre, et que Jeanne le regardait avec une attention que rien ne pouvait distraire, Henriette vint à passer :

Oh ! le beau perroquet ! s'écria-t-

Jacquot n'est pas bien apprivoisé; il vous mordrait
peut-être (page 45)

elle, d'un ton décidé qui lui était habituel ; je veux l'acheter ! Combien le vends-tu, petit ?

« Petit » qui avait la tête de plus qu'Henriette, répondit qu'il voudrait bien en avoir vingt francs.

— Bon ! dit Henriette ; mon oncle m'a donné l'autre jour une jolie pièce d'or toute neuve, apporte ton oiseau à la maison et je te donnerai ma pièce.

— Pardon, Mademoiselle, dit André ; mais Jacquot n'est pas encore bien apprivoisé ; je ne puis pas le vendre avant un mois d'ici, car il vous mordrait peut-être.

— Te moques-tu de moi, petit sot ? s'écria le capitaine Henriette, rougissant déjà de colère ; je ne suis pas une poltronne comme toi ou ta petite niaise de sœur, pour avoir

peur d'un oiseau! Ouvre ta cage
tout de suite.

— Jeanne est gentille, dit tout à
coup et fort distinctement le perroquet.

— Tiens, il sait parler! s'écria
Henriette; pourquoi ne me l'avais-
tu pas dit?

— Oh! il ne dit pas grand'chose,
répondit André, se disposant à em-
porter la cage; car il craignait que
Jacquot, en continuant à parler, ne
fît entendre quelques-unes des phrases concernant Henriette, et que
celle-ci, fâchée, ne voulut plus l'a-
cheter.

— Laisse-le, dit Henriette en le
retenant : je veux l'entendre encore.

— Henriette est méchante; elle
est très-méchante, dit aussitôt Jac-

—Laisse-le, je veux l'entendre encore (page 46)

quot, comme s'il eût compris ce qu'on attendait de lui.

— Comment ! comment ! Henriette est méchante ! s'écria le petit capitaine au comble de l'exaspération ; qu'est-ce que cela veut dire ?

— Je ne sais, balbutia André, tout confus et rouge jusqu'aux oreilles.

— Tu ne sais pas ! Mais je le sais bien, moi ! petit sournois ; c'est pour lui apprendre à me dire des injures que tu veux le garder encore ! Je ne le veux pas, entends-tu bien ! et tu vas me l'apporter tout de suite.

— Non, Mademoiselle, dit André d'une voix ferme ; il pourrait vous faire du mal, et ce serait ma faute. Je ne vous le donnerai que lorsqu'il sera tout à fait apprivoisé.

— Je te dis que je le veux tout
de suite ! Je le veux! cria l'enfant
gâtée en frappant du pied avec
colère ; tu n'entends donc pas?

—J'entends bien, dit André avec
calme.

— Eh bien ! viens alors; apporte
ton oiseau.

—Je le porterai dans un mois,
pas avant.

André fut inébranlable dans sa
résolution, et le capitaine Henriette, malgré la fureur que lui
faisait éprouver cette résistance
inaccoutumée, dut s'éloigner sans
avoir obtenu ce qu'elle voulait.

Mais elle n'était nullement dispo-
sée à attendre un mois, ainsi que
le prétendait le petit garçon. Dès le
soir même elle commença à tour-

menter sa maman, en la priant d'envoyer un domestique chercher le perroquet, qu'André ne voulait garder encore un mois, disait-elle, que pour apprendre à l'oiseau à lui dire des injures.

La faible maman céda, comme elle le faisait habituellement, au désir de sa fille. Elle était très souffrante, et Henriette, loin de s'efforcer par sa douceur de soulager sa mère malade, profitait, au contraire, du besoin de calme qu'éprouvait celle-ci, pour la tourmenter en lui demandant les choses les plus déraisonnables, et en insistant jusqu'à ce que la pauvre maman, fatiguée, lui permît, pour obtenir quelques moments de paix, des choses qu'elle aurait

certainement défendues si elle eût
été bien portante.

Henriette ne prouvait pas, en
agissant ainsi, qu'elle eût un bon
cœur, et cependant elle était plus
étourdie que méchante.

Mais le moment de sa punition
approchait, comme vous allez le
voir :

La petite fille obtint de sa mère
qu'elle recommandât au domestique, chargé d'aller chez André, de
ne pas revenir sans l'oiseau.

André n'était justement pas chez
lui en ce moment. S'il y eût été,
il n'aurait peut-être pas laissé partir Jacquot, car il savait mieux que
sa mère de quels méfaits celui-ci
était capable. Mais la pauvre veuve,
intimidée par le ton arrogant du
domestique qui, suivant l'habitude

des gens de service, exagérait encore les termes de son message pour se donner plus d'importance, ne crut pas pouvoir refuser d'obéir, et donna la cage et l'oiseau en échange de la pièce d'or du capitaine Henriette.

Lorsque André, de retour chez sa mère, apprit ce qui s'était passé, il fut au désespoir. Mais le mal était fait, et il n'était pas en son pouvoir de le réparer, car il savait bien que la petite fille ne consentirait pas à lui rendre Jacquot, et qu'il ne pourrait même parvenir jusqu'à elle.

Cependant, Henriette avait, en attendant le retour du messager, fait préparer dans la salle à manger un perchoir pour son nouveau pensionnaire. La mangeoire était pleine, ainsi que le vase où Jacquot devait boire, et sur la table plusieurs morceaux de sucre étaient préparés.

Enfin, Jacquot arriva! la cage fut posée sur la table, et Henriette, seule avec lui, ouvrit d'une main tremblante de joie la porte de la prison où il était enfermé.

L'oiseau, peu habitué à tant de liberté, parut d'abord surpris et ne songea pas à sortir. Il regardait Henriette d'un air grave et secouait la tête comme s'il eût craint que sa nouvelle maîtresse ne fût animée à son égard d'intentions malveillantes.

Cependant il finit par s'enhardir, et, sortant de la cage, il vola sur le bâton auquel était attaché le rideau de la fenêtre.

L'oiseau regardait Henriette et secouait la tête (page 54)

Plus tranquille sans doute en se voyant hors de la portée de sa compagne, monsieur Jacquot devint très gai, et se mit, s'il vous plaît, à réciter tout son répertoire.

— Ah ! ah ! ah ! ah ! commença-t-il, imitant une personne qui rit aux éclats ! ah ! qu'elle est laide ! qu'elle est méchante !

Henriette écoutait avec stupéfaction.

— Voilà de jolis compliments, monsieur Perroquet ; je voudrais bien savoir de qui vous parlez, répondit-elle, entrant en conversation avec l'oiseau, comme s'il eût pu la comprendre.

Et vraiment, on eût dit que Jacquot la comprenait ; car il reprit aussitôt :

— Henriette est méchante; elle bat la pauvre petite Jeanne.

— Taisez-vous, Monsieur ! s'écria Henriette en colère.

— Henriette est méchante; personne n'aime Henriette.

— Tais-toi, vilaine bête! ou tu vas voir !

— Ah ! ah ! ah ! qu'elle est laide! qu'elle est méchante ! reprit le malin oiseau, comme s'il eût pris plaisir à exciter la colère impuissante de la petite fille.

— Oh ! si je te tenais, méchant oiseau; je t'étranglerais! criait Henriette.

Mais le perroquet n'avait garde de descendre; Henriette avait beau l'appeler, le gronder, le menacer, Jacquot ne bougeait pas. Pour la première fois de sa vie, peut-être,

le capitaine Henriette eut recours
à la douceur. Un perroquet obtint
d'elle ce que n'avait pu obtenir ni
sa maman, rendue malade par sa
turbulence, ni son père, qu'elle
faisait fâcher et qu'elle chagrinait,
ni la douceur de plusieurs de ses
petites compagnes, ni la docilité et
la patience du pauvre Caprice. Ceci,
je le répète, ne fait pas l'éloge du bon
cœur d'Henriette, n'est-ce pas?

— Viens, mon beau Jacquot, mon
cher petit perroquet, disait-elle ; je
ne te gronderai pas ; je te caresse-
rai, au contraire, tu me diras tous
les mots que tu sais ; viens, Jacquot,
je t'en prie.

Mais Jacquot paraissait aussi indifférent à sa douceur qu'à sa colère.

— Viens, reprit-elle, en repri-

4

mant à grand'peïne un mouvement
d'humeur. Tiens, prends ce morceau de sucre que je te donne;
viens sur ton perchoir, viens manger ce gros morceau de sucre.

Jacquot était gourmand. Il descendit lentement le long du rideau
et se mit à marcher par terre, ap-
prochant du perchoir de l'air le plus
indifférent du monde.

Henriette retenait sa respiration
pour ne pas l'effaroucher.

Quand il fut tout près du perchoir
l'oiseau étendit les ailes et, se posant
sur le barreau le plus élevé, saisit
avec une de ses pattes le morceau
de sucre qu'Henriette lui présen-
tait.

— Qu'il est gentil, s'écria celle-ci;
il se sert de ses pattes comme si
c'étaient des mains !

Elle avait à peine prononcé ces mots que Jacquot était
sur sa tête (page 63)

Quand Jacquot eut mangé le sucre, Henriette s'approcha de lui dans l'intention de le caresser. Elle espérait en échange de ses bons procédés quelques paroles plus amicales. Mais au moment où elle avançait la main :

— Ah! ah! ah! ah! qu'elle est laide! qu'elle est méchante! s'écria le perroquet.

Le capitaine Henriette, cédant à sa colère, au lieu de caresser l'oiseau, lui donna un coup et le jeta du perchoir par terre.

— Cela t'apprendra! dit-elle.

Elle avait à peine prononcé ces mots que Jacquot était sur sa tête; une patte accrochée dans les cheveux d'Henriette, l'autre posée sur son nez, et qui lui tenait l'oreille gauche serrée avec son bec, si fort que le sang coulait.

Henriette poussait des cris lamentables. Tout le monde accourut. On eut beaucoup de peine à arracher l'oiseau de la place qu'il s'était choisie.

Quand Jacquot fut fermé dans sa cage, on vit que le nez et le front d'Henriette n'avaient que de fortes égratignures; mais ce qu'il y avait de terrible, c'est qu'un morceau de son oreille gauche manquait complètement ; Jacquot l'avait mangé.

Henriette fut prise d'une forte fièvre et dut garder le lit pendant longtemps enveloppée.

Sa maman oublia ses propres souffrances pour soigner sa petite

Henriette dut garder le lit pendant longtemps (page 64)

fille; toutes les amies d'Henriette,
à l'exception d'Hortense, vinrent la
voir et tâcher de la distraire; il n'y
eut pas jusqu'au pauvre Caprice, qui
comprenant qu'elle souffrait, vint
s'établir sur le pied de son lit.

Touchée de tant de preuves d'af-
fection, Henriette comprit enfin
combien sa conduite passée avait
été coupable; son cœur n'était pas
mauvais, mais elle n'avait jamais
réfléchi aux conséquences de son
détestable caractère. Sa maladie lui
fit faire de salutaires réflexions. La
reconnaissance lui inspira des ré-
solutions excellentes, et elle eut le
courage de les tenir. Aussi, quand
elle fut rétablie, tous ceux qui la
connaissaient furent-ils d'accord
pour dire que le capitaine Hen-

riette avait été remplacé par une
bonne enfant, douce, modeste et
aimant ses parents.

Et après? dirent à la fois Gustave,
Berthe et Julien, voyant que la
bonne maman se taisait :

— Quoi, après?

— Que devint Henriette?

— Que devint Jacquot?

Commençons par ce dernier ; il
fut remis dans sa cage et rendu à
André, qui le vendit à un oiselier de
la ville. Quant à Henriette, après
s'être corrigée, elle grandit, vieil-
lit et devint maman et grand'maman, et eut pour petits enfants
Gustave, Julien et Berthe. Cette
dernière lui rappelle quelquefois un

peu le temps où elle était nommée
le capitaine Henriette.

— Comment, grand'maman !
c'était vous !

— Oui, ma chère petite, c'était
moi; dit la bonne dame en écar-
tant un peu son bonnet, pour mon-
trer à Berthe qu'en effet un morceau de chair manquait à son oreille
gauche.

—C'était moi; mais j'espère que
mon exemple te sera utile, et que
désormais tu éviteras soigneuse-
ment de ressembler au capitaine
Henriette.

— Oh ! oui, bonne maman ; je
vous le promets, s'écria la petite
fille en se jetant au cou de sa grand'
mère.

On dit que Berthe tint parole;

qu'elle devint plus douce et plus soumise que par le passé, et qu'elle n'oublia jamais l'histoire du capitaine Henriette et l'oreille de la grand'maman.

**FIN**

LIMOGES. — Imp. E. ARDANT et Cⁱᵉ.

Original en couleur

NF Z 43-120-8

www.ingramcontent.com/pod-product-compliance
Lightning Source LLC
Chambersburg PA
CBHW070821260626
47161CB00006B/2361